良寛　野の花の歌

きはぎ

はじめに

良寛は托鉢に出かければ、子どもたちと、まりつき、かくれんぼなどをして一緒に遊んだり、野の草花を愛でて摘んだりして過ごしました。また、和歌や漢詩を詠み、それを書にしました。

花を愛した良寛は、たくさんの花の歌を詠んでいます。良寛は生涯で一四〇〇首以上の和歌を詠みましたが、その中に花の歌は三五〇首ほどあります。本書ではその中から一三七首の和歌（短歌と旋頭歌《せどうか》）を選び、現代語訳と一部の歌の背景などの解説を加えて紹介しています。

良寛には花だけでなく、樹木（松、杉、竹、柳、槻《つき》、樒《しきみ》、桂、柿、橘、栗、樫、椎、柏《かしわ》）や植物（蓬《よもぎ》、蕨《わらび》、苗、海苔、藻塩、芝、夕顔、苔、藜《あかざ》、葎《むぐら》、茄子、芭蕉、南瓜、笹、稲葉、蔦《つた》、葛《くず》、菅《すげ》）も多く詠んでいますが、ここには収録していません。ただし、花と同様に春に摘んだ若菜・芹《せり》・薺《なずな》や、花も美しい柘榴《ざくろ》の歌は加えました。

国上寺の枝垂れ桜

目次

第二章　夏

第四章　秋

良寛さんの花の逸話

良寛さんは子供を連れて、野原へよく出かけました。野原を歩くとき、ときどき曲がりくねったり、ぴょんと飛んだりしました。

不思議に思って人が尋《たず》ねると、良寛さんは「咲いている花がかわいそうなので踏まないようにしていたのだ」と言いました。

「良寛さんと連れだって」こしの千涯画

第一章　花を愛した良寛

出雲崎町　良寛堂うらの良寛像

（一）辞世《じせい》

形見《かたみ》とて　何残《なにのこ》すらむ《ん》　春は花
夏ほととぎす　秋はもみぢ葉

形見として何を残しましょうか。春の桜、夏のほととぎす、秋の紅葉《もみぢ》が私の形見です。

川端康成はノーベル文学賞受賞講演の中で、良寛の辞世の和歌を引用し、日本の真髄を伝えたと述べ、四季の明瞭な「美しい日本」の自然を愛し友とする日本人の生き方を紹介しました。

(二)花を愛《め》でる

こと足《た》らぬ　身とは思はじ　柴の戸に
月もありけり　花もありけり

自分には足りないものがあるとは思いません。簡素な庵《いお》りの中には何もなくても、外には美しい月もあります。花もあります。

良寛は国上《くがみ》山中の五合庵に独居し、一人の托鉢《たくはつ》僧として、清貧の生涯を過ごしました。物質的には豊かでなくとも、月や花などの美しい自然を愛することで、心豊かに生きたのです。この歌はそんな良寛が詠んだ歌です。

（三）花を植える

我庵《わがいほ》の　垣根《かきね》に植ゑ《え》し　八千草《やちぐさ》の
花もこのごろ　咲き初《そめ》にけり

私の庵《いお》りの垣根の周りに植えたたくさんの草花も、この頃花が咲き始めました。

晩年、木村家に身を寄せた良寛は、自分の庵りの周りにたくさんの草花を植えて、その成長も楽しむようになりました。長歌の中には、ススキ、スミレ、タンポポ、合歓《ねむ》、芭蕉、朝顔、藤袴、紫苑《しおん》、露草、忘れ草（萱草）があげられています。

国上山時代には、来客（阿部定珍《さだよし》）に山の畑に種をまいて育てた大根をふるまった良寛の歌があります。

あしびきの　国上《くがみ》の山の　山畑《やまばた》に　蒔《ま》きし大根《おおね》ぞ　あさず食《を》せ君

あさず…残さず

わが宿に　一本《ひともと》植ゑ《え》し　すみれ草
いまは春べと　咲き初《そ》めぬらむ《ん》

庵りの周りに一株だけ植えたすみれが、春の到来を告げるように咲き始めました。

良寛の歌に多く詠われている「すみれ」とは、春に咲く小さな野の花の総称と思われます。特に雪解けとともに花咲く雪割草こそ、長かった冬が終わり、春の訪れを高らかに謳いあげる妖精でした。良寛の歌に詠われるすみれの多くは雪割草ではないかと思われます。そして今でも三月下旬になると、国上山・弥彦山・角田山の周辺には雪割草が咲きほこります。

去年《こぞ》の秋　移して植ゑ《え》し　藤ばかま
この朝露《あさつゆ》に　盛《さか》りなりけり

去年の秋に、野原から庵りの周りに移植した藤袴《ふじばかま》が満開に咲いて、朝露に濡れています。

良寛には萩《はぎ》、薄《すすき》（尾花）、女郎花《おみなえし》などの秋の七草の歌が多くあります。山上憶良《やまのうえのおくら》が詠んだ歌があります。ただし、後世になってから、朝顔を除いて桔梗《ききょう》を加えています。

萩の花　尾花・葛《くず》花　撫子《なでしこ》の花　女郎花《おみなえし》　また藤袴《ふじばかま》　朝顔の花　（憶良）

去年《こぞ》植ゑ《え》し　野菊の花は　この頃の
露《つゆ》に競《きお》ふて　咲きにけるかな

去年植えた野菊の花は、秋が深まって露が降りるようになると、その霜と競うように咲き始めました。

（四）花盗人

良寛僧《そう》が　けさの朝　花もて逃ぐる
御姿《おんすがた》　後《のち》の世まで残らん

僧侶の良寛が、今朝、他人の庭の花を折り取って逃げていく姿は、この画によって、後の世まで残るだろう。

寺泊の山田という集落のある家でのこと。秋の季節に良寛が通りかかり、菊を折っていこうとしました。主人は見とがめ、その様子を絵にして、これに賛をしなければ、花を折った罪は許さないといいました。良寛はしかたがないので、この歌を絵に書きました。

花盗人の絵（富川潤一画）

第二章　春

国上山の春

（一）若菜、芹《せり》、なずな

春の野の　若菜《わかな》摘《つ》むとて　塩之入《しおのり》の
坂のこなたに　この日暮《く》らしつ

春の野原で若菜を摘もうと、与板と島崎の境にある塩之入峠の坂の与板側で、今日の日を過ごしました。

良寛七十二歳の年の春の初めに、良寛は島崎から塩之入峠を越えて与板の由之の松下庵に遊びに行き、何日かを過ごしたようです。そんなある日、良寛は由之のために若菜を摘んできました。その時の歌がこの歌です。

わが命　さきくてあらば　春の野の
若菜《わかな》つみつみ　行《ゆ》きて逢《あ》ひ《い》みむ《ん》

私の命が無事なら、春の野の若菜を摘みながら、与板に行ってお逢いしましょう。

良寛が亡くなる年の前年、良寛の病状があまりよくなかった頃に、由之がお見舞いの手紙を出したようです。この歌は、その手紙に対する良寛の返事の手紙に書かれた歌でしょう。

あづさ弓　春野《はるの》に出でて　若菜摘《わかなつ》めども
さすたけの　君しまさねば　楽しくもなし

あずさ弓…春の枕詞
さすたけの…君の枕詞

春の野原に出かけて一人で若菜を摘んでも、あなたがいないので楽しくありません。

「君」とは良寛が少年時代に学んだ三峰館《さんぽうかん》時代の親友三輪左一です。良寛五十歳の年に亡くなってしまいました。

月よめば　すでに弥生《やよい》に　なりぬれど
野辺《のべ》の若菜《わかな》も　摘《つ》まずありけり

暦の月を数えてみると、もう三月（陰暦）になってしまったけれども、まだ野原に生えている若菜を摘まないでいます。

雪が多く寒さの厳しかった冬のせいで春の訪れが遅れ、まだ若菜摘みにも出かけられなかったのでしょう。

子どもらと　手たづさは《わ》りて　春の野に
若菜を摘むは　楽しくあるかも

子供らと手をつないで春の野原に行き、若菜を一緒に摘むことは楽しいことだなあ。

出雲崎《いずもざき》にて

春の野に　若菜《わかな》摘《つ》みつつ　雉子《きじ》の声
聞けば昔の　思《お》ほゆらくに

ふるさと出雲崎で

春の野原で若菜を摘んでいると、雉子《きじ》の声が聞こえてきます。その声を聞くとふるさとで父母とともに過ごした遠い昔のことが思い出されます。

行基《ぎょうき》の古歌があります。

山鳥の　ほろほろと鳴く　声聞けば　父かとぞ思ふ《う》　母かとぞ思ふ《う》

（行基）

さすたけの　君がみためと　ひさかたの
雨間《あめま》に出でて　摘《つ》みし芹《せり》ぞこれ

あなたのために、雨のやんでいる晴間に、小川のほとりに出て、摘み取った芹がこれです。どうぞ召し上がって下さい。

さすたけの…君の枕詞
ひさかたの…雨の枕詞

芹は春の七草（セリ、ナズナ、ゴギョウ（ははこ草の異名）、ハコベラ、ホトケノザ、スズナ（蕪《かぶら》）、スズシロ（大根の異名））の一つです。春の七草を炊き込んだ粥《かゆ》を正月七日に作り、神に供えて食べると、その年一年が無事に過ごせるといわれています。芹の名の由来は新苗がたくさん競《せ》り合って出るからといわれています。

もの思ひ《い》　すべなき時は　うち出《い》でて
古野《ふるの》に生《お》ふる　薺《なずな》をぞ摘《つ》む

亡くなった子どものことが思い出されて、その悲しみで何に手をつけてよいかわからないような時は、子どもが遊んでいた野原にでも出て、薺《なずな》を探して摘んでみましょう。

ナズナは春の七草の一つです。果実は扁平で三味線の撥《ばち》に似たハート形の実をつけることから、ぺんぺん草、三味線草の異名があります。ナズナの名の由来については、愛《め》でる菜という意味の撫菜《なでな》からきたなど諸説あります。

良寛には、数年に一度大流行した疱瘡（天然痘）で子供を亡くした親に代わって、詠んだ哀傷歌《あいしょうか》がたくさんあります。この歌は原田鵲斎の子の正貞宛と思われる書簡に、次の歌の後に書かれています。

人の子の　遊ぶをみれば　にはたずみ《わ》　流るる涙　とどめかねつも

にはたずみ《わ》…流るるの枕詞

なずな

（二）梅

梅の花　折《お》りてかざして　いそのかみ
古《ふ》りにしことを　しぬびつるかも

梅の花のついた枝を折って、髪の飾りにしていると、過ぎ去った昔のことが思い出されます。

いそのかみ…古りの枕詞

梅は雪の残る頃に咲き始めて春の訪れを告げるため春告草《はるつげぐさ》とも呼ばれます。かつて日本人は梅の開花で春を知り、それを暦代わりとしました。梅暦といいます。万葉集では梅の花の歌が一一九例と萩に次いで多く、春の花と言えば、桜よりも梅だったようです。

良寛にも梅を詠んだ歌が多くあります。雪深く冬の長い越後では、春の到来が待ち遠しいものです。簡素な草庵に住む良寛にとってはなおさらの思いであったでしょう。春の到来を香りとともに伝える梅の花を良寛は特に愛したようです。

この歌は、かつて梅の花を共に楽しんだ原田鵲《じゃく》斎《さい》の真木山《まぎやま》の旧宅を訪ねた時の歌のようです。

原田鵲斎家旧宅跡

如月《きさらぎ》のとふ《う》かばかりに　飯乞《いいこ》ふ《う》とて真木山《まぎやま》てふ《という》所に行きて
有則《ありのり》が元のいゑ《え》を訪ぬれば今は野らになりぬ
一木《ひとき》の梅の散りかかりたるを見て　いにしへ《え》思ひ《い》出《い》でて詠《よ》める

その上《かみ》は　酒に浮《う》けつる　梅の花
土に落ちけり　いたづらにして

陰暦二月の十日頃、托鉢に出かけて、真木山という所に行き、有則が以前住んでいた家を訪ねました。家のあった場所は野原になっており、一本の梅の木の花が散りかかっているのを見て、昔のことを思い出して詠んだ歌。

その昔は、酒杯に浮かべて楽しんだ梅の花びらが、今はむなしく土の上に落ちています。

この歌は少年時代に大森子陽《しよう》の学塾三峰館《さんぽうかん》で共に学んだ学友・原田有則（鵲斎《じやくさい》）の真木山《まぎやま》（燕市）の住居を良寛が訪ねたときの歌です。医師だった原田鵲斎はすでに中島（燕市）に転居していました。そのため梅の花びらが土の上に散っていたのです。二人はともに酒を酌《く》み交わし、詩歌を唱和したりした親しい仲でした。転居する前、梅を愛でながら一緒に酒を酌み交わしたのでしょう。その酒の杯に梅の花びらを浮かせた楽しい思い出があったのです。

むらぎもの　心は和《な》ぎぬ　永き日に
これのみ園《その》の　林を見れば

むらぎもの…心の枕詞

心はなごむなあ、日が長くなった暖かい春の日に、このお宅の庭の花咲く木々を見ると。

良寛の住んだ国上山の五合庵に近い渡部《わたべ》という集落の庄屋であり、造り酒屋でもあった阿部定珍《さだよし》は、良寛と最も気のあった親友でした。江戸に遊学した経験もある阿部定珍は和歌をよくし、良寛とは頻繁《ひんぱん》に行き来して、和歌を唱和《しょうわ》したりしました。阿部定珍の家には広い庭園があり、梅をはじめ多くの花々が咲いていました。良寛の梅の歌にある園《その》や宿は主に阿部定珍の庭園や家のことでしょう。

おしなべて　緑に霞《かす》む　木《こ》の間より
ほのかに見るは　梅の花かも

すべてが緑色にかすんで見える木々の間から、微《かす》かに見えるものは、なんとまだ散らずに残っている梅の花ではないか。

うめ

事更《ことさら》に　来《こ》しくも著《しる》く　此園《このその》の
梅の盛《さか》りに　逢《あ》ひにけるかも

わざわざやってきた甲斐があったなあ。この家の庭の満開の梅に出会うことができました。

霞《かすみ》立つ　長き春日《はるひ》を　此《この》宿に
梅の花見て　けふ《きょう》も暮らしつ

日が長くなり霞たなびく春の日を、この家の梅の花を見て、今日も過ごしています。

ひめもすに　待てど来《こ》ずけり　うぐひ《い》すは
赤き白きの　梅は咲けども

一日中待っていたけれど、うぐいすは飛んできて鳴いてくれませんでした。紅梅や白梅の花がせっかく咲いていたのに。

梅の花　散らば惜《お》しけむ《ん》　うぐひ《い》すの
声のかぎりは　この園《その》に鳴《な》け

梅の花が散ってしまうのは心残りです。だから、うぐいすよ、声の出る限り、この家の庭で鳴いておくれ。

うちなびき　春は来《き》にけり　吾《わ》が園《その》の
梅の林に　鶯《うぐいす》ぞなく

うちなびき…春の枕詞

暖かい春がようやくやってきました。家の庭の梅の木々にはうぐいすが美しい声で鳴いています。

霞《かすみ》立つ　永き春日《はるひ》に　うぐひ《い》すの
鳴く声聞けば　心はなぎぬ

山に霞がたなびく日の長い春の日に、うぐいすの美しい鳴き声を聞くと、心がなごみます。

心あらば　訪《たず》ねて来ませ　うぐひ《い》すの
木伝《こづた》ひ《い》散らす　梅の花見に

春の情趣を味わいたいなら、ぜひ訪ねて来てください。うぐいすが枝から枝へと飛び移って、花びらを散らしているその梅の花見に。

声立てて　鳴《な》けやうぐひ《い》す　我宿《わが》の
梅の盛《さか》りは　常ならなくに

うぐいすよ大きな声で鳴いておくれ。私の家で咲いている梅の花の盛りは、いつまでも続くわけではないのだから。

梅《むめ》が枝《え》に　花ふみ散《ち》らす　うぐひ《い》すの
鳴《な》く声聞けば　春かたまけぬ

うぐいすが梅の枝にとまって花びらを踏み散らしています。そのうぐいすの鳴く声を聞くと、春の到来を実感します。

足引《あしび》きの　此《この》山里の　夕月夜《ゆうづくよ》
ほのかに見るは　梅の花かも

足引きの…山の枕詞

この山里の、春の朧月《おぼろづき》の出ている夕方に、ほんのりと見えるのは梅の花だなあ。

梅の花　今盛《さか》り也《なり》　ひさかたの
今宵《こよい》の月に　折《お》りてかざらむ《ん》

ひさかたの…月の枕詞

梅の花がまさに盛りの今、花のついた梅の小枝を折り取って、今夜の月明かりの下で、髪や冠の飾りにしましょう。

ゑ《え》にしあれば　またこの館《たち》に　集《つど》ひ《い》けり
花の緒《ひも》とく　如月《きさらぎ》の宵《よい》

ゆかりがあったから、またこの家に集うことができました。花のつぼみがほころび始めた二月（陰暦）の夜に。

梅が香《か》を　麻《あさ》の衣《ころも》に　つつみてば
春は過《す》ぐとも　形見《かたみ》とならむ《ん》

梅の花を麻の衣で包んで梅の香りを移せば、春は過ぎても、春の思い出の品になることだろう。

梅はその香りも愛され匂草《においぐさ》、香散見草《かざみぐさ》ともよばれます。

この宿に　来《こ》しくも著《しる》し　梅の花
けふ《きょう》は相見《あいみ》て　散《ち》らば散るとも

この家に来た甲斐《かい》があったなあ。美しく咲いている梅の花を今日見たので、たとえ花が散るならば散ってしまっても、思い残すことはありません。

去年《こぞ》の春　折《お》りて見せつる　梅の花
けふ《きょう》の手向《たむ》けと　なりにけるかも

去年の春は枝を折ってわが子に見せた梅の花が、今日わが子の仏前に供える花と
なってしまいました。

この歌も、疱瘡（天然痘）で子どもを亡くした親に代わって呼んだ哀傷歌です。

この園《その》の　梅の盛《さか》りと　なりにけり
我《わ》が老《お》いらくの　時にあたりて

この庭に咲く梅の花が盛りになりました。私は老いていく年代であるのに。

たまきはる　命《いのち》死なねば　この園《その》の
花咲《さ》く春に　逢《あ》ひにけらしも

たまきはる…命の枕詞

死ぬこともなく命をながらえたので、この庭の花が咲きほこる春に出逢うことがで
きました。

梅の花　老《お》いが心を　慰《なぐさ》めよ
昔の友は　いまあらなくに

梅の花よ、年老いた私の心を慰めておくれ。昔の友人は亡くなって今は誰もいないのだから。

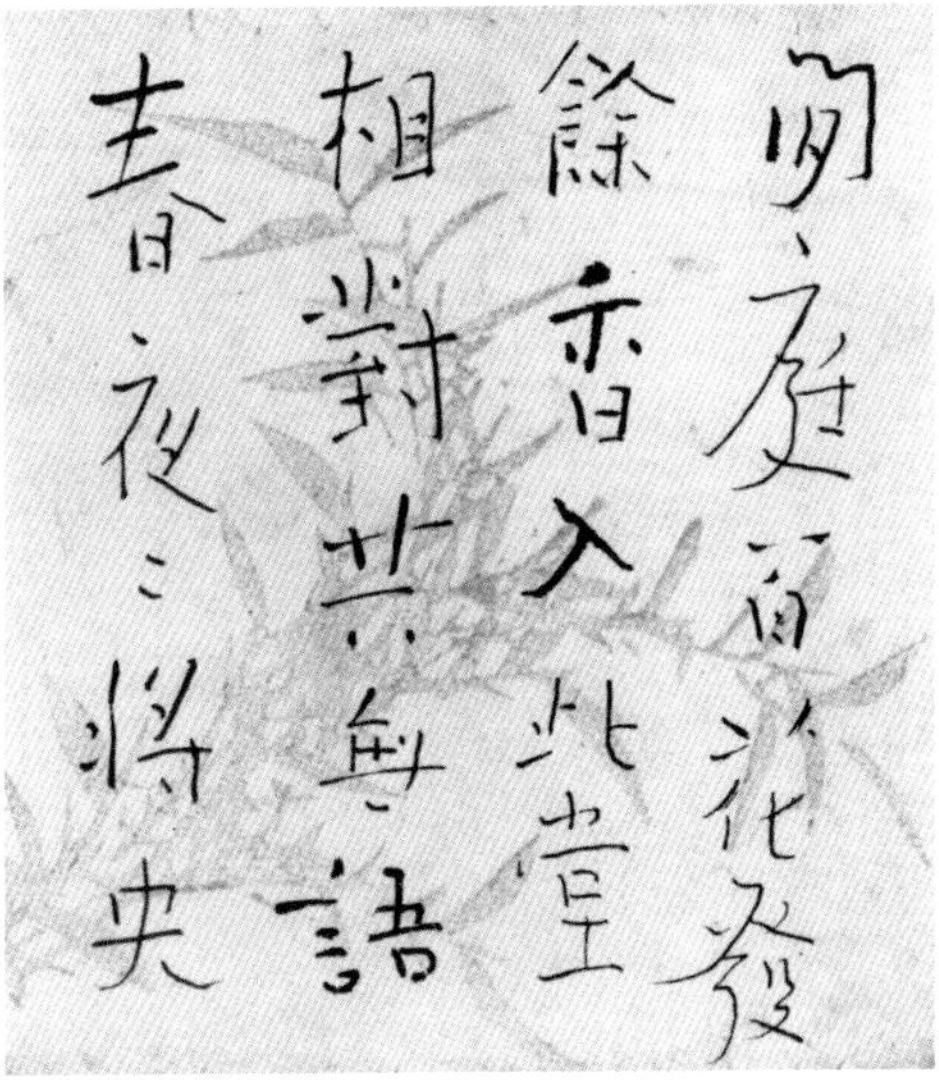

「間庭百花発…」（阿部家巻子）

(三) かたくり

あづさ弓　春の山べに　子どもらと
摘《つ》みしかたこを　食べばいかがあらむ《ん》

春の山に行って、子供たちと摘んだかたくりを一緒に食べたならどんなだろうか。
きっともっと楽しいことでしょう。

あづさ弓…春の枕詞

万葉集で大伴家持《おおとものやかもち》が詠んだ「かたこ」は「かたくり」といわれていますが、語源を傾いた籠「カタコ」と考えコシノコバイモであるとの説もあります。

早春に咲くカタクリは清楚で可憐な山野草として人気があります。国上山周辺はカタクリが四月上旬（早い年は三月下旬）頃にたくさん咲く名所です。国上山の山頂付近の登山道の周りにたくさん咲きます。

カタクリの球根はデンプンが多く、片栗粉《かたくりこ》の原料でした。花の茎を抜いたものは茹でて食べる山菜でもあります。

カタクリの花はまだ昆虫の少ない早春に咲くため、日の光がさすと花が開き、虫を花の中の奥まで誘うように綺麗な模様になっています。一度、虫になったつもりで、花の中を下からのぞき込んでみてください。ただし、カタクリは種から開花まで七年もかかります。雪割草などと同じく特別地域内指定植物で採取が禁止されています。

かたくり

（四）椿

松の尾の　葉びろのつばき　椿見に
いつか行かなむ《ん》　その椿見に

松の尾のお宅の葉が広く勢いよく繁った椿をいつか見に行こう。その椿を見に。

松野尾のお宅とは新潟市西蒲区松野尾の岩崎元誠家といわれています。

越後には、ヤブツバキ（ヤマツバキ）の他に、冬は雪の下に埋もれる丈の低い雪椿もあります。加茂市の加茂山公園には雪椿が群生しており、春になると赤い花をつけます。良寛が晩年を過ごした旧和島村（現長岡市）の籠田《かごた》には熊野神社があり、境内には美しい椿が群生している「椿の森」があります。そばを流れる川は水上運送に利用され、神社の前の船着き場はその発着点でした。

この神社には良寛の歌碑があります。

籠田より　村田の森を　見渡せば　幾代《いくよ》経ぬらむ　神さびにけり

長岡市与板と島崎の境にある塩之入峠の椿を詠んだ歌もあります。

つらつらに　見れども飽かず　足曳《び》きの　塩之入山《しおのりやま》の　つらつら椿

つらつらに…つくづくと

つらつら椿…多く並んで枝葉の茂った椿

つばき

（五）桃

この里の　桃の盛《さか》りに　来て見れば
流れに映《うつ》る　花のくれなゐ《い》

この里に来てみると、桃の花がいっせいに咲きほこり、紅色の美しい花が川面に映っています。

この歌は良寛より二十歳年上の法友であった有《う》願《がん》が住んでいた白根《しろね》の新飯田《にいだ》の円通庵を訪れたときの歌でしょう。中ノ口川沿いの新飯田は桃の名所です。有願は文化五年（一八〇八）良寛五十一歳の年に亡くなりました。亡くなった後、円通庵を訪ねたときの歌があります。

あひ知りし人のみまかりて　またの春　ものへ行く道にて過ぎて見れば　すむ人はなくて　花は庭に散り乱れてありければ

思ほえず　またこの庵《いお》に　来にけらし　ありし昔の　心ならひに

中ノ口川沿いの桃畑

もも

（六）桜・花

西行法師《さいぎょうほうし》の墓に詣《もう》でて花を手向《たむ》けて詠《よ》める

手折《たお》り来《こ》し　花の色香《いろか》は　薄《うす》くとも
あはれみ給《たま》へ《え》　心ばかりは

西行法師のお墓にお参りして、桜の花のついた枝をお供えして詠んだ歌

手で折ってお供えする小枝についた桜の花の色や香りはまだ薄いけれども、西行法師を尊敬してお墓にお参りする心がけだけは慈《いつく》しんでください。

西行は桜を愛した歌人として有名です。次の歌など、世に知られる桜の歌が多くあります。

願は《わ》くば　花の下にて　春死なむ《ん》　その如月《きさらぎ》の　望月《もちづき》の頃
ほとけには　桜の花を　奉れ　我が後の世の　人とぶらはば　（西行）

とぶらはば…冥福を祈るならば

良寛は西行を慕い、円通寺を立ち去ってから、諸国行脚《あんぎゃ》を続けていた際に、西行の歌枕を訪ねています。この歌は西行の墓のあった大坂の弘川寺《ひろかわでら》を訪ねたときの歌でしょう。桜は木花開《このはなさく》耶媛《やひめ》の化身とも言われたことが語源との説があります。

平安時代以降は花といえば桜でした。夢見草《ゆめみぐさ》、挿頭草《かざしぐさ》、曙草《あけぼのぐさ》など異名もあります。

現在多く植えられているソメイヨシノは幕末に大島桜と江戸彼岸桜を交配して創出されたもので、良寛の時代にはありませんでした。当時、国上山周辺では、オクチヨウジザクラやカスミザクラなどが見られたようです。

さくら

小山田《おやまだ》の　山田の桜　見む《ん》日には
一枝《ひとえ》を送れ　風の便《たよ》りに

小山田の桜を見る日には、その桜の一枝を、ほのかな便りとして送って下さい。

良寛七十三歳の年の春に、由之が五泉の小山田の桜を見物する旅に出かけます。その時の由之の次の歌に、良寛はこの歌ともう一首の歌を詠みました。

枝《し》折《お》りして　行《ゆく》とはすれど
老《お》いの身は　是《これ》や限りの
門出《かどで》にもあらん　（由之）

我はもよ　斎《いわ》ひ《い》て待たむ《ん》
平《たい》らけく　山田の桜
見て帰りませ　（良寛）

斎ひ《い》て…身を清めて
平らけく…無事に

五泉の小山田の桜は菅名岳《すがなだけ》の登山道の途中から左側に入った場所にあり、エドヒガンザクラの木々が群生しています。

小山田の江戸彼岸桜

ひさかたの　天《あま》ぎる雪と　見るまでに
降《ふ》るは桜の　花にぞありける

ひさかたの…天の枕言葉

空一面が曇《くも》ったように舞う雪と見間違えるように降ってきたのは、なんと桜の花びらでした。

この歌は桜の花びらを見て雪と間違えたという歌です。枝先の桜の花を雪にたとえた表現を梢の雪といいます。梅の花でも同様の歌があります。

鶯《うぐいす》の　声なかりせば　梅の花　こずゑ《え》に積もる　雪とみましを

また逆に、雪を見て花と間違えたという歌もあります。

桜花　降るかとばかり　見るまでに　降れどたまらぬ　春の淡《あわ》雪

春されば　梅のこずゑ《え》に　降る雪を　花と見ながら　かつ過ぎにけり

春されば…春が来ると　かつ過ぎにけり…すぐに雪が消えたなあ

春と言へば　天津《あまつ》み空《そら》は　霞《かすみ》み初《そ》めけり
山の端《は》に　残れる雪も　花とこそ見め

天津み空…大空　山の端…山の尾根

かぐは《わ》しき　桜の花の　空に散《ち》る
春の夕べは　暮《く》れずもあらなむ《ん》

美しい桜の花が空を舞い散る春の夕べは、このまま暮れないでいてほしい。

永了寺《えいりょうじ》にて桜の花を見て

霞《かすみ》立つ　永き春日《はるひ》に　色くは《わ》し
桜の花の　空に散《ち》りつつ

霞立つ…春の枕詞

永了寺の境内の桜の花を見て詠んだ歌

霞がたなびくようなのどかな春の日に、こまやかで美しい桜の花が空に散っています。

永了寺…燕市新堀の浄土真宗の寺

わが宿の　軒《のき》ばの峯《みね》を　見わたせば
霞《かす》みに散れる　山桜かな

私の家の軒端《のきば》越しに山の頂きを見渡すと、春霞の中に散ってゆく桜の花びらが見えます。

春されば　木々《きぎ》のこずゑ《え》に　花は咲けども
もみぢ葉の　過ぎにし子らは　帰らざりけり

もみぢ葉…過ぎの枕詞

春が来るとどの木のこずゑにも花は咲きますが、亡くなってしまった子供は再び家には帰ってきません。

疱瘡《ほうそう》（天然痘）で子どもを亡くした親に代わって詠んだ哀傷歌です。
同じような哀傷歌もあります。

花見ても　いとど心は　慰《なぐさ》まず
過ぎにし子らが　ことを思ひ《い》て

いとど…いっそう

朝戸でて　子らがためにと
折る花は　露《つゆ》も涙も
置きぞまされる

置きぞまされる…いっそう多く降りる

与板　徳昌寺の維馨尼桜

ふるさとに花を見て

何《なに》ごとも　移りのみ行く　世の中に
花は昔の　春に変《わ》はらず

ふるさとに帰って花を見て

何ごともみな移り変わっていく世の中で、花だけは昔の春と変わらずに美しく咲いています。

和歌の世界で花は、万葉集では梅、それ以後は多くは桜を指します。

昔の友だちの家に行《ゆ》きて詠《よ》める

何《なに》ごとも　皆昔とぞ　なりにける
花に涙を　注《そそ》ぐけふ《きょう》かも

昔の友人が住んでいた家を訪ねて詠んだ歌

何ごともすべて昔のこととなってしまいました。あなたと一緒に見て楽しんだ花を前にして、今日は涙を流しています。

この歌の友だちとは、文政十年（一八二七）に亡くなった原田鵲斎のことです。

待《ま》たれにし　花はいつしか　散《ち》り過《す》ぎて
山は青葉に　なりにけらしも

心待ちしていた桜の花もいつのまにか散ってしまい、山は青葉だけになってしまいました。

ひさかたの　長閑《のどけ》き空に　酔《よ》ひ伏《ふ》せば
夢も妙《たえ》なり　花の木の下《した》

ひさかたの…空の枕詞

春ののどかな空の下で、酒に酔って寝転ぶと、不思議なほど楽しい夢を、この花の木の下で見ます。

老《お》いを嘆《なげ》く歌

深山木《みやまぎ》も　花咲くことの　ありといふ《う》を
年経《へ》ぬる身ぞ　春なかりける

老いを嘆く歌

深山に生い茂る木にも、花が咲くことがあるといいますが、年をとった自分には再び春が来ることはありません。

春の歌とて

いづくより　春は来《き》ぬらむ《ん》　柴の戸に
いざ立ち出《い》でて　あくるまで見む《ん》

春の歌として

どこから春は来るのだろうかと、簡素な庵りの柴で作った戸から外に出て、春が来るのを、十分に見ることにしよう。

大河津分水路の桜並木と国上山

（七）山吹

足引《あしび》きの　国上《くがみ》の山の　山吹の
花の盛《さか》りに　訪《と》ひし君はも

足引きの…山の枕詞

国上山に咲く山吹の盛りの季節に、わざわざ訪ねてきてくれたのは君でしたね。

山吹はバラ科の落葉低木です。山吹色ともいわれる濃黄色の五弁の花をつけます。八重咲きの山吹や、白山吹もあります。ただし、白山吹は山吹とは同じバラ科ですが別の属です。

山吹の　花の盛《さか》りに　わが来《く》れば
かはづ《わ》鳴也《なくなり》　此《この》川の辺《べ》に

山吹の花の盛りに私が来ると、蛙《かわず》が鳴いています。この川の水辺に。

この川とは、渡部の早向川といわれています。この歌の前と後に次の歌があります。

ほととぎす　わが住む山は　多かれど
今宵《こよい》のかはづ　ましめずらしも

かはづ…蛙
ましめずらしも…それにもまして珍しいことだ

蛙鳴く　野辺《のべ》の山吹　手折《たお》りつつ
酒に浮かべて　楽しきおづめ

おづめ…男女が歌舞して遊ぶ集まり

やまぶき

ふるさとのひとの山吹のはな見にこむ《ん》といひ《い》おこせたりけり
盛りには待てとも来ず　散りかたになりて

山吹の　花の盛りは　過ぎにけり
ふるさと人を　待つとせしまに

ふるさとに住む弟の由之が山吹の花を見に行くといってきたが、山吹の花の盛りには
待っていても来なくて、散り始めたので

山吹の花の盛りは過ぎて散り始めてしまった。見に行こうと約束したふるさとの人を待っていた間に。

この歌は実家橘屋を継いだ弟の由之が裁判で訴えられた頃の歌でしょう。由之は山吹の花を見に行くという兄良寛との約束を果たすことができなかったのです。良寛に次の歌もあります。

山吹の　千重を八千重に　重ぬとも　此《この》一《ひ》と華《はな》の　一重にしかず

この歌の自注に「一花は心花也」とあります。「一と花」とは悟りの花という意味でしょう。桜の次に咲く清楚な一重の山吹の花は、現世の栄華の象徴である桜の花の次に咲く、仏の心花（悟りの花）の象徴なのでしょう。

その山吹の花の盛りに訪ねて来ませと由之を誘《さそ》うということは、現世での栄達を諦め、心の安寧を願うようにとの良寛の願いの現れかもしれません。

江戸城を築城した関東の武将太田道灌《どうかん》の逸話があります。鷹《たか》狩《が》りに出かけたある日、急に土砂《どしゃ》降《ぶ》りとなったため、蓑《みの》を借りようと民家を訪ね、蓑を所望《しょもう》しました。ところが娘が玄関に出てきて、一輪の山吹の花の咲いた枝を差し出しただけで何も言いませんでした。この行為の意味がわからないまま、道灌は怒って雨の中を立ち去ってしまいました。後で、家臣から、古歌に、

七重《ななえ》八重《やえ》　花は咲けども　山吹の　実《み》の一つだに　なきぞ悲しき　（古歌）

という歌があり、娘は蓑のひとつさえ持てないかなしさを、古歌を踏まえて、山吹の枝に託したのだということを聞きました。道灌は自分の無学を恥じて、その後、和歌の道に精進するようになったということです。

おそらく良寛もこの故事は知っていたのでしょう。良寛は裁判で敗訴して没落した橘屋と、花が咲いても実がならない山吹のイメージを重ね合わせていたのではないでしょうか。

本覚院《ほんがくいん》に集《つど》ひ《い》て詠《よ》める

山吹の　花を手折《たお》りて　思う同士《どし》
かざす春日《はるひ》は　暮《く》れずともがな

本覚院に兄弟が集まって詠んだ歌

山吹の花のついた枝を手で折って、同じ思いの兄弟が頭の髪に飾って春の日をすごした。そんな春の日は暮れなくてもよいなあ。

本覚院は五合庵のすぐ下にある国上寺の末寺です。
この歌の前に次の歌があります。

弥生《やよい》の晦日《つごもり》の夜《よ》　はらから集ひ《い》て詠める

円居《まろい》して　いざ明かしてむ《ん》　あづさ弓
春は今宵《こよい》を　限りと思へ《え》ば

円居…円形の車座に鳴って和やかに過ごすこと
あづさ弓…春の枕詞

この二つの歌は文化十年（一八一三）良寛五十六歳の年の陰暦三月末日のことでしょう。
裁判に負けて追放・財産没収となった弟の由之は、文化七年（一八一〇）の判決の出る少し前に妻のやすを亡くしました。

また、由之の片腕であった町年寄《まちどしより》の高島伊八郎に嫁いだ妹たかも一年前の文化九年（一八一二）に亡くしています。

妹たかの一周忌を前にして、由之を励ますために、兄弟四人（良寛、むら、由之、みか）が集まったのでしょう。

本覚院の童地蔵

（八）すみれ

飯乞《いい》ふと　わが来《こ》しかども　春の野に
すみれ摘《つ》みつつ　時を経《へ》にけり

托鉢に出かけてやってきたが、春の野原ですみれを摘んでいるうちに、いつのまにか時間が経ってしまいました。

国上山周辺には、ツボスミレ、タチツボスミレ、オオタチツボスミレ、マキノスミレ、スミレサイシン、ナガハシスミレなどたくさんのスミレの仲間が自生しています。万葉集にもすみれや、つぼすみれは歌われています。植物学者牧野富太郎は花の形が大工の使う墨入れに似ているから、スミイレがスミレになったとしていますが、異説もあります。

シェイクスピアはスミレを「もの思いの花」とも「つれづれの恋」ともよんでいます。そしてその花の色は、もとは乳白色だったが恋の傷を受けて紫色になったのだといいます。

なお、良寛の歌にある「すみれ」は春に咲く小さな野の花の総称とも思われますので、雪割草やイチリンソウ、キクザキイチゲ（キクザキイチリンソウ）、ニリンソウなども「すみれ」に含まれていたのではと思われます。

すみれ

いその上《かみ》　去年《こぞ》の古野《ふるの》の　すみれ草
今は春べと　咲きにけるかな

去年生えていた草がまだ枯れて残っている野原に、今はもう春ですよと言っているように小さな草花たちが咲いています。

いその上…古の枕詞

いそのかみ　古野に生《お》ふる　すみれ草
摘《つ》みて贈《おく》らむ　その人や誰《たれ》

昔からある野原に生えている小さな草花を、誰とは決めていませんが、摘んで贈ろうと思っています。

いそのかみ…古の枕詞

春の野に　菫《すみれ》を摘《つ》みて　いそのかみ
古《ふ》りにしことを　しぬ《の》びつるかも

春の野原の小さな草花を摘んでいたら、過ぎ去った昔の事を懐かしく思い出しました。

子どもらよ　いざ出《い》でいなむ《ん》　弥彦《いやひこ》の
岡のすみれの　花にほ《お》ひ見に

子供たちよ、さあ出かけよう。弥彦の岡に咲いているすみれ（雪割草？）の花の美しい色つやを見に。

いざ子ども　山べに行かむ《ん》　すみれ見に
明日さへ《え》散《ち》らば　いかにせむ《ん》とか

さあ子供たちよ、山のあたりにすみれ（雪割草？）の花を見に行こう。明日になって散ってしまったらどうするの。

鉢《はち》の子に　すみれたむぽぽ《ん》　こき混《ま》ぜて
三世《みよ》の仏に　たてまつりてな

鉢の子にすみれとたんぽぽをいっしょに入れて、過去・現在・未来の仏様にお供えしたいなあ。

鉢の子とは托鉢で喜捨を受けるとき用いる小さな鉢・応量器のことです。タンポポは鼓草ともよばれています。タンポポという名も鼓の音からの連想といわれています。

道のべに　すみれ摘《つ》みつつ　鉢《はち》の子を
忘《わす》れてぞ来《こ》し　その鉢の子を

道ばたですみれを摘んでいるうちに、鉢の子を置き忘れてきてしまいました。その大事な鉢の子を。

この歌には、類似の歌がいくつかあります。

道の辺に　すみれ摘みつつ　鉢の子を　わが忘れてぞ来し　憐れ鉢の子
道の辺に　すみれ摘みつつ　鉢の子を　わが忘るれど　取る人はなし
鉢の子を　わが忘るれど　人取らず　取る人はなし　憐《あわ》れ鉢の子

良寛にとって鉢の子は托鉢重視の仏法の象徴です。

たんぽぽ

（九）岩つつじ

刈羽郡《かりわぐん》妙法寺《みょうほうじ》妙見嶺《みょうけんれい》にて

霞《かすみ》み立つ　沖見《おきみ》の嶺《みね》の　岩つつじ
誰《た》が織《お》り染《そ》めし　唐錦《からにしき》かも

刈羽郡の妙法寺にある妙見嶺にて詠んだ歌

沖見の嶺で霞が立ち上る中に咲く紅色の岩つつじの花は、誰が織って染めた唐織りの厚地の絹織物でしょうか。

妙見嶺（沖見の嶺）は柏崎市妙法寺にある山で、沖見峠とも呼ばれています。

現代の園芸種の岩ツツジは樹高十五センチ程度の矮性種ですが、和歌に詠われる岩つつじは、岩場に咲く山つつじを指しているものかもしれません。岩つつじは黒い岩肌との対照で紅が烈しく引き立つことや、岩の間に根を張る生命力の強さが貴ばれたことなどから、昔から歌に詠まれたようです。古今集に次の歌があります。

思ひ出づる　ときはの山の　岩つつじ
言はねばこそあれ　恋しきものを　（古今集）

この歌で「岩つつじ」までは「言は」を導く序詞《じょし》として使われています。歌の意味は、思い出す時、その「時」という名を持つ常磐の山の岩つつじ、その「いは」ではないが、言わないではいるものの、心では恋しく思っています。

いわつつじ

（十）みつがしわ

みつがしは《わ》　わが求《と》めゆけば　あづさ弓
春の野末に　浮かぶかげろふ《う》

みつがしわをさがし求めて行くと、春の野原の先に陽炎《かげろう》が浮かんで見えました。

あづさ弓…春の枕詞

ミツガシワの名前の由来は三ツ柏の紋章に似た葉からきています。ミツガシワは水湿地や浅い沼などに育ち、春に花茎を伸ばし、白色の花を総状につけます。花は一センチ余りと小さいですが、星形の花弁は白い毛状の突起で縁どられて目を引きます。つぼみも淡い紅色で美しく水に映えます。

みつがしわ

全国良寛会へのご入会が おすすめ！

全国良寛会とは

良寛さんのすばらしさを全国に発信してゆく、良寛ファンの会です。新潟県下や、岡山・東京・静岡など、各地に40余の良寛会もあります。

（連絡先などは、ホームページ（「全国良寛会」で検索）

全国良寛会 会長 長谷川 義明
951－8122 新潟市中央区南浜通2－562
北方文化博物館新潟分館内

入会方法

郵便局に備え付けの青色の郵便振替用紙（振替払込票）に、住所・芳名・電話番号などを記入のうえ、年会費 ３，０００円を郵便局でお振込みください。入会金などは不要です。

振替口座　００６２０－０－１５４５　　口座名　全国良寛会

会員の特典

１．会報「良寛だより」を年４回、お届けします。
２．毎年、開催の全国大会へ参加できます。
　(総会、講演会、交流会、見学会など、楽しい集いです)
３．各地良寛会で開催の良寛法要や講演会など、参加自由。
４．「ふるまち良寛てまり庵」で良寛の資料やDVDの鑑賞可。
　新潟市中央区古町通2－538　電話 025－378－2202

入会手続きなどのご照会は

全国良寛会理事　本間 明　電話 ０９０－２４８８－８２８１

第三章　夏

国上山の夏

（一）山梨

あしびきの　片山《かたやま》かげの　夕月夜《ゆうづくよ》
ほのかに見ゆる　山梨《やまなし》の花

あしびきの…山の枕詞

月の出ている夕方に、片側が山で陰になっているところに来ると、月の光でぼんやりと白い山梨の花が見えます。

山梨はニホンナシの原種で花は白く、固くて小さい実をつけます。ナシはアリノミとも呼ばれています。

良寛に山梨の花を詠った歌がもう一つあります。

遠めには　しばし桜と　見ゆれども　近くな寄りそ　山梨子《やまなし》の花

近くな寄りそ…近くに寄って見ないでおくれ

やまなし

（二）卯《う》の花

卯《う》の花の　咲きの盛《さか》りは　野積《のぞみ》山
雪を分けゆく　心地《ここち》こそすれ

白い卯の花が満開に咲いている頃に野積の山を行くと、雪を分けて行くような気分になります。

卯の花の名前の由来は卯月（陰暦四月）に花が咲くことから。枝の中が空洞になっているので、別名空木《うつぎ》ともいいます。卯の花の五弁の白い花は「卯の花の匂ふ垣根にほととぎすはやも来鳴きてしのびね音洩らす夏は来ぬ」と歌われたように、ホトトギスとともに夏の到来を告げる風物詩とされています。

野積は大河津分水路の北側の海に面した地域の地名です。古くは臨海《のぞうみ》から「のぞみ」と呼ばれ、野積《のぞみ》の字があてられるようになったようです。大河津分水路の影響でしょうか、野積の浜辺には今は松林が広がり、水田も多くありますが、昔は岩場の多い海岸で、「雪のり」とも呼ばれる良質な岩のりが特産でした。寺泊の外山家に嫁いだ妹のむらはよく雪のりを兄の良寛に届けていたようです。むらが病気になったときに、良寛が見舞いに贈った歌があります。

越の海　野積の浦の　海苔を得ば　分けて賜は《わ》れ　今ならずとも
越の海　野積の浦の　雪海苔は　かけてしぬ《の》ばぬ　月も日もなし
越の海　沖つ波間を　なづみつつ　摘みにし海苔は　いつも忘れず

うのはな

（三）牡丹

深見草《ふかみぐさ》　今を盛《さか》りに　咲きにけり
手折《たお》るも惜《お》しし　手折らぬも惜し

牡丹の花が今を盛りと咲いています。その花を手で折り取るのも惜しいし、手で折り取らないでそのままにしておくのも惜しいと思います。

深見草とは牡丹《ぼたん》の異名です。中国から渡来した牡丹は万葉集にも源氏物語にも歌われていないので、その後日本に渡ってきたもののようです。

美しい女性を「立てば芍薬《しゃくやく》、座れば牡丹」といいますが、牡丹とシャクヤクは美しい花がよく似ています。その違いは牡丹は木本で、冬でも幹が残りますが、シャクヤクは草本（宿根草）で、冬には地上部が枯れて何も残りません。

ぼたん

（四）藤

この宮の　み坂に見れば　藤波の
花の盛《さか》りに　なりにけるかも

このお宮に登る坂の途中で、藤の花を見ると今を盛りとばかりに咲いているなあ。

この歌の「この宮」とは、長岡市（旧和島《わしま》村）上桐の桐原石部《きりはらいそべ》神社のことです。神社への階段の右側にこの歌の歌碑があります。藤波とは、藤の花房が重なり合う様子、またそれが風になびいて揺れ動く様子を波に見立てた歌語です。出雲崎の良寛記念館の庭には巨大な藤の古木があります。燕市八王寺の白藤も有名です。

上桐《かみぎり》の　宮の藤波《ふじなみ》　咲きにけり
つぎて鳴《なく》らん　山郭公《やまほととぎす》

上桐の桐原石部《いそべ》神社の藤の花が美しく咲きました。続いてホトトギスが鳴き始めるでしょう。

この歌の「宮」も前歌と同じく上桐の桐原石部神社のことです。藤波は万葉集にある次の歌のように初夏にホトトギスと取り合わせて詠まれることが多いようです。

藤波の　散らまく惜しみ　ほととぎす　今城《いまき》の岡を　鳴きて越ゆなり
（万葉集）

ふじ

（五）合歓《ねむ》

五月過《さつきす》ぐるまで　ほととぎすの鳴かざりければ

相連れて　旅かしつらむ《ん》　ほととぎす
合歓《ねぶ》の散るまで　声のせざるは

陰暦五月を過ぎてもホトトギスが鳴かないので
ホトトギスは連れ立って旅にでも出かけたのだろうか。合歓の花が散るまでその声が聞こえないのは。

合歓《ねむ》の名は葉が夕方になると眠るように閉じるからとも言われています。
松尾芭蕉の次の句が有名です。

象潟《きさかた》や　雨に西施《せいし》が　ねぶの花　（芭蕉）

西施とは古代中国の呉王・夫差《ふさ》の人質として犠牲になった美女の名前です。
良寛に合歓《ねむ》の花の歌はこの歌ぐらいですが、これは次の父以南の句の遺墨を終生大切にしていたことと関係があるかもしれません。

朝霧に　一段低し　合歓の花　（以南）

ねむの木

（六）忘れ草

かく恋《こい》ひむと　かねて知りせば　忘《わす》れ草
道に宿にも　植ゑ《え》ましものを

このように恋しくて切ないものと前から知っていたならば、憂いを忘れさせるという忘れ草を道端にも家の庭にも植えておいたのに。

忘れ草とは萱草《かんぞう》の古名、若芽が山菜、根が生薬にもなる野カンゾウ（ヤブカンゾウ）のことです。花は咲くとその日に散ってしまう一日花であるため、忘れ草という名がつき、憂《うれ》いを忘れる草といわれています。この花を着物の紐につけておくと、嫌なことを忘れさせてくれるといわれます。一日花でもつぼみがたくさんつくので、毎日毎日次から次へとオレンジ色の花を咲かせます。

この歌では天然痘で亡くなった子供への悲しみを忘れるという意味でしょうか。

良寛は晩年、木村家の庵室の周りにたくさんの草花を植えていたことを詠んだ長歌があり、この忘れ草も入っています。

野かんぞう

（七）くちなし

妙《たえ》なるや　御法《みのり》の言《こと》に　及ばねば
もて来て説《と》かむ　山のくちなし

霊妙なほどすばらしいものは仏の教えであるが言葉では言い尽くせない。山のくちなしを持ってきて、仏の教えは無言で伝えるということを説こう。

梔《くちなし》は六〜七月の夕方に純白の花が開き、甘い芳香を放ちます。クチナシの名は、染料や薬として利用される実が熟しても裂開しないためといわれ、口無しと書かれることもあります。碁盤の足はこの実をかたどってあり、口出し無用を意味するともいわれています。果実にある突起を嘴《くちばし》とみたクチハシからの転訛との説もあります。

くちなし

（八）蓮

その夜《よ》は法華経《ほけきょう》を読誦《どくじゅ》して有縁無縁《うえんむえん》の童《わらわ》に廻向《えこう》すとて誘引《ゆういん》

知る知らぬ　誘《いざな》ひ《い》給へ《え》　御《み》ほとけの
法《のり》の蓮《はちす》の　花の台《うてな》に

　その夜は法華経を声を出して読んで、縁のある子供もない子供もともに、冥福を祈り、仏の世界に導いた
私の知っている子供も知らない子供もすべてお導きください。極楽にあるという蓮の花の形をした御仏《みほとけ》が座るという台《うてな》に。

この歌も天然痘で子を亡くした親に代わって詠んだ哀傷歌です。

蓮《はす》の名は古くはハチスと呼ばれました。実の形が蜂巣《はちす》に似ているからと言われています。

蓮は泥水の中から現れても、汚れのない美しい花を咲かせることから、濁世に現れ煩悩にまみれた衆生を救済する観音菩薩になぞらえられ、仏教では重視されています。そのため蓮は極楽浄土に咲く花とされています。蓮の台《うてな》、蓮台には仏が座ります。

蓮の露は葉の上でころがる美しい露で、清浄の象徴です。貞心尼は良寛の歌や良寛と貞心尼との唱和の歌を書き残した本を山田静里から『蓮《はちす》の露』と名付けてもらっています。

はす

御饗《みあえ》する　ものこそなけれ　小瓶《こがめ》なる
蓮《はちす》の花を　見つつしのばせ

おもてなしするものはなにもありませんが、せめて小瓶に挿してある蓮の花を見ながら忍んでください

この歌は貞心尼の次の歌への返歌です。

来て見れば　人こそ見えね　庵守《いおも》りて　匂ふ蓮《うはちす》の　花の尊《とうと》さ（貞心尼）

第四章　秋

国上山の秋

（二）柘榴《ざくろ》

いつとても　よからぬとには　あらねども
飲みての後《のち》は　あやしかりけり

食べているときはいつでもうまくないことはないけれども、飲み込んだ後は不思議な心地がします。

良寛がザクロが好物であることを由之から聞いたのか、新津の大庄屋桂誉正《たかまさ》の妻ときは良寛にザクロを七個贈りました。そのお礼として良寛が桂家に贈った歌が、この三首です

掻《か》きて食べ　摘《つ》み裂《さ》いて食べ　割《わ》りて食べ
さてその後は　口もはなたず

爪で掻いて食べ、指先でつまんで裂いて食べ、手で割って食べ、その後は口も開けずにモグモグと食べました。

ざくろ

紅《くれない》の　七《なな》の宝を　もろ手もて
おし戴《いただ》きぬ　人のたまもの

紅色の七個の宝のようなざくろの実を両手で捧《ささ》げ持ちました。人からいただいたその贈り物を。

(二) 撫子《なでしこ》

思ひ《い》わび　うち出《で》て見れば　ひさかたの
雨に傾《かたぶ》く　大和撫子《やまとなでしこ》

ひさかたの…雨の枕詞

雨の日が続いて気分が滅入り、庵りから外に出て見ると、長雨に打たれたせいで、なでしこの花がしおれて傾いています。

秋の七草の一つである撫子《なでしこ》は初秋に淡紅色の花を開きます。河原に生え、花が可憐なことから、カワラナデシコとも呼ばれます。かつて奥ゆかしく控えめで芯の強い日本女性にたとえた大和撫子《やまとなでしこ》は中国産の唐撫子と区別するための呼び名です。

なでしこ

（三）朝顔

窈冥《ようめい》居士が身罷《みまか》りしころ　前栽《せんざい》に朝顔のいと清げに咲けるを見て

かくばかり　ありけるものを　世の中は
何《なに》朝顔を　もろしと思はむ《ん》

与板の中川都良《とら》が亡くなった頃、庭先に清らかそうに咲いていた朝顔の花を見て
このように、死というものは誰にでも必ず訪れるということが、世のならいなので
す。どうして朝顔の花だけをはかないものと思うことができましょうか。

朝顔は夏の花のイメージがありますが、十月頃まで咲くので、案外秋の花といってもいい
でしょう。花は朝咲いて昼には凋《しぼ》んでしまうので、朝顔の露などといわれ、はかなさを連想
させます。そのせいか、明治になるまでは、家紋には朝顔は使われなかったそうです。

あさがお

(四) 月草

わが待ちし　秋は来にけり　月草《つきくさ》の
安《やす》の川辺に　咲行《さきゆく》見れば

私が待っていた秋はついにやってきました。天の川の川辺のようなこの川辺に、つゆ草がだんだんと咲いてくるのを見ると。

月草とは「つゆ草」の古名。色が着くことから、着草《つきくさ》とも書きます。花の色が青色で模様を摺《す》るときの染料とされました。

つゆくさ

（五）女郎花《おみなえし》

女郎花《おみなえし》　秋萩の花　咲きにけり
けさの朝けの　露《つゆ》に競《きお》ひて

女郎花《おみなえし》と秋萩の花が咲きました。今朝の朝早く、降りる露と先を争うように。

女郎花は秋の七草の一つで、茎の頂きに黄色の小さな花を密につけます。名については、黄色の花序を粟にたとえたオミナメシ（女飯）が変化したという説などがあります。またアワバナの別名もあります。花の色が白色のものはオトコエシといいます。

白露《しらつゆ》に　乱《みだ》れて咲ける　女郎花《おみなえし》
摘《つ》みて贈《おく》らむ　その人なしに

白露に濡れたため乱れて咲いている女郎花《おみなえし》の花を摘んで人に贈ろう。これといって決まった人はいないが。

おみなえし

（六）萩

秋萩《あきはぎ》の　花咲く頃《ころ》は　来て見ませ
命全《また》くば　ともにかざさむ《ん》

秋の萩の花が咲く頃にまた来て下さい。私がまだ元気でしたら、萩の花を一緒に頭に飾りましょう。

ハギとはミヤギノハギ、ヤマハギ、ニシキハギ、ツクシハギの総称です。山野で最も普通に見られるハギはヤマハギです。萩という字は日本で作られた漢字であり、草冠に秋と書くことからみても、秋を代表する花として扱われてきました。そして、万葉集の花の歌の中では萩の歌が一番多く、秋の七草の筆頭にも挙げられるほど、日本人に愛されてきました。

良寛は貞心尼に、萩の花の咲く頃にまた来て下さいとこの歌を詠んだのですが、貞心尼は待ちきれずに、夏にまた良寛を訪れました。その時の貞心尼の歌があります。

秋萩《あきはぎ》の　花咲く頃を　待ち遠《とお》み　夏草分《わ》けて　またも来にけり

（貞心尼）

この貞心尼の歌に対する良寛の返歌が次の歌です。

秋萩《あきはぎ》の　咲くを遠《とお》みと　夏草の
露を分《わ》けわけ　訪《と》ひし君はも

秋の萩の花が咲くのが待ち遠しい
と、露の降りた夏草を分けながら、
あなたは私の庵りを訪ねてくれたの
ですね。

良寛・貞心尼の対面座像（良寛の里美術館）

秋萩《あきはぎ》の　花の盛《さか》りも　過《す》ぎにけり
契《ちぎ》りしことも　まだとげなくに

秋萩の花の盛りは過ぎてしまいました。お約束したことはまだ果たせないというのに。

良寛は示寂する前年には病気で苦しむようになりました。貞心尼の庵を訪問するという約束を病気静養のために果たすことができなくなったことを詠んだこの歌を貞心尼に贈りました。

秋風に　散り乱れたる　萩《はぎ》の花
払《はら》はば惜《お》しき　ものにぞありける

秋風に吹かれて萩の花が地面に散り乱れています。この色あざやかな萩の花びらを掃いて払ったならば、さぞ残念なことでしょう。

はぎ

散《ち》りぬらば　惜《お》しくもあるか　萩の花
今宵《こよい》の月に　かざして行《ゆ》かむ《ん》

散ってしまったならば心残りがします。そこで今宵の月の光の下に行って、萩の花を頭に飾りましょう。

飯《いい》乞《こ》ふ《う》と　わが来て見れば　萩の花
みぎりしみみに　咲きにけらしも

托鉢に出かけて私が来てみると、萩の花が庭の端にたくさん繁って咲いていることだ。

野べに来て　萩の古枝《ふるえ》を　折《お》ることは
また来む《ん》秋の　花のためこそ

お墓のある野辺に来て、お墓にお供えするために、花のついた萩の枝を折り取ることは、また来る秋に花がよく咲くためなのです。

夕風に　なびくや園の　萩が花
なほ《お》も今宵《こよい》の　月にかざさむ《ん》

庭の萩の花が夕風に吹かれて揺れています。今宵は月の光の下で萩の花を頭に飾りましょう。

与板という里に至りて　某《なにがし》の許《もと》を訪ひしかば萩の花盛りなり

飯《いい》乞《こ》ふ《う》と　我来《き》にければ　この宿の
萩の盛《さか》りに　逢《あ》ひ《い》にけるかも

与板という里に来てある人の家を訪ねたところ萩の花が盛りでした。
托鉢に出かけてこの人の家に来たところ、今盛りの萩の花に逢うことができました。

秋萩の　枝もとをを《おお》に　置《お》く露《つゆ》を
消《け》たずにあれや　見む《ん》人のため

秋の萩の枝がたわみしなるほど露が降りています。その露を消さないでおくれ、見たいと思う人のために。

（七）薄《すすき》

君が宿の　一本《ひともと》すすき　なつかしみ
穂《ほ》にづる秋は　尋《と》めてわが来《こ》む

あなたの家に生えている一株のすすきが慕わしいので、穂の出る秋には尋《たず》ね求めてやってこよう。

この歌の君は阿部定珍《さだよし》です。薄の穂は獣の尾に似ていることから尾花《おばな》ともいわれます。袖振り草、花薄ともよばれます。秋の七草の一つでもありますが、強健でどこにでも生えています。荻《おぎ》は薄に似ていますが、低湿地を好み、穂は白くて薄よりも大きいです。アシ（ヨシ）は沼地に生育し、丈は高く、葦簀《よしず》などに利用されます。

行《ゆ》き返り　見れども飽《あ》かず　わが宿の
すすきが上《うえ》に　置《お》ける白露《しらつゆ》

往き来する途中で何回見ても飽きないものは、私の庵りの前の薄の葉の上に降りた白く輝《かがや》く露です。

すすき

足引《あしびき》の　山の撓《たお》りに　うちなびく
尾花《おばな》手折《たお》りて　君が家辺《いえべ》に

足引の…山の枕詞

山の尾根の低くなってるところに風でなびいているすすきの穂を手で折り取って、あなたの家のあたりにやってきました。

秋風に　なびく山路《やまじ》の　すすきの穂《ほ》
見つつ来にけり　君が家辺《いえべ》に

秋風に吹かれてなびいている山道のすすきの穂を眺めながら、あなたの家のあたりにやってきました。

秋の日に　光り輝《かがや》く　すすきの穂《ほ》
これの高屋《たかや》に　登《のぼ》りて見れば

秋の日光を浴びて光輝いているすすきの穂の波が、あなたの庭の高い建物に登ると見えました。

高屋とは阿部定珍の庭に建つ楼閣でしょうか。

またも来よ　柴の庵《いお》りを　いとは《わ》ずば
すすき尾花《おばな》の　露《つゆ》を分《わ》けわけ

またおいでなさい。粗末な庵りがいやでなければ、すすきの花穂の露を手で分けながら。

この歌は貞心尼が良寛と最初にあったとき、貞心尼の帰り際の次の歌への返歌です。

立ち帰り　またも訪《と》ひ《い》来《こ》む《ん》
たまぼこの　道の芝草《しばくさ》
たどりたどりに

すすきの原で楽しむ（こしの千涯画）

（八）藤袴《ふじばかま》

秋の野に　匂《にお》ひて咲ける　藤ばかま
折《お》りて贈《おく》らん　その人なしに

秋の野に美しく咲いている藤ばかまを折り取って人に贈りたいなあ。贈るべきその人がいるわけではないけれども。

藤袴は秋の七草の一つで、秋に淡紅紫色の頭花を散房状につけます。絶滅危惧種です。別名「香草」と言われ、葉を干すと芳香があります。昔は箪笥《たんす》の中に入れ、着物に香りを移したといいます。

ふじばかま

（九）つわぶき

山里《やまざと》の　草のいほりに　来て見れば
垣根《かきね》に残る　つはぶきの花

山里の草の庵りに帰ってきて、よく見ると、多くの草が枯れた中に、垣根のところにだけつわぶきの花がまだ咲いて残っています。

ツワブキは花の少ない晩秋に黄色の花をたくさんつけます。ツワブキの葉はフキに似ていますが、フキと違って光沢があります。そのため、ツヤハブキ（艶葉蕗）と呼ばれていたものが転訛してツワブキになったといわれています。

潮風に強く、海辺に適した植物のため、寺泊の海に面した崖地に多く自生しています。良寛が仮住まいした寺泊の照明寺密蔵院のすぐ近くには、つわぶき坂と呼ばれる名所があります。

つわぶき坂（寺泊）

つわぶき

（十）秋の野

【秋の野連作十二首の一】

秋の野を　我が越《こえ》へくれば　朝霧《あさぎり》に
濡《ぬ》れつつ立てり　女郎花《おみなえし》の花

秋の野原に私がやってくると、朝の霧に濡れながら、女郎花《おみなえし》の花が立って咲いていました。

良寛は名主見習役だった十七歳の頃に一度結婚し、半年後に離別したといわれています。良寛が四十三歳の頃、離別した妻は白根茨曽根《いばらそね》の実家で一人寂しく亡くなったといわれています。そして、その妻には幼くして亡くなった女の子が後で産まれたともいわれています。

この歌は、その後、五十二歳の頃、良寛が医師の原田鵲斎《じゃくさい》宅で病臥していたときに詠んだ連作歌「秋の野十二首」の筆頭の歌です。連作歌「秋の野十二首」は、亡くなったかつての妻への思いを詠ったものではないかと私は推測しています。自分が出家するために、別れざるを得なかった妻への懺悔《ざんげ》の念をいつまでも抱き続けていたのでしょう

この歌の「朝霧に濡れつつ立てり女郎花《おみなえし》の花」を見たときに、良寛は離別したときに涙を流しながら茫然と立っていた妻の姿を思い出したのではないでしょうか。

また、「秋の野十二首」の連作の中には、萩と小牡鹿《さおしか》を詠んだ歌が、二首、小牡鹿《さおしか》を詠んだ歌が一首あります。万葉集では女郎花《おみなえし》は女性を、そして萩の花は牡鹿の花妻を表します。良寛は薄倖だった妻を失って悲しむ自分の姿を、いなくなった牝鹿を求めて哀しげに鳴く小牡《さお》鹿《しか》に象徴させているのではないでしょうか。

【秋の野連作十二首の二】

振《ふ》り延《はえ》へて　わが来《こ》しものを　朝霧《あさぎり》の
立ちな隠しそ　秋萩《あきはぎ》の花

わざわざ私がやってきたのだから、朝霧よ、たちこめて隠さないでおくれ、秋に咲く萩の花を。

【秋の野連作十二首の三】

この岡の　秋萩すすき　手折《たお》りもて
三世《みよ》の仏に　いざ手向《たむ》けてむ

この岡に咲く秋の萩やすすきの花を手で折り取って、過去・現在・未来の仏さまにこれからお供えしよう。

【秋の野連作十二首の四】

秋の野の　草葉《くさば》に置《お》ける　白露《しらつゆ》を
玉に貫《ぬ》かむと　取れば散《ち》りけり

秋の野の草の葉に降りた白く輝く露を、玉のようにひもで貫こうと思って、手に取るとすぐに散ってしまいました。

【秋の野連作十二首の五】

秋萩の　散《ち》りの乱《まが》ひに　小牡鹿《さおしか》の
声の限《かぎ》りを　振《ふ》り立てて鳴《な》く

秋の萩の花が散っている中に、牡鹿《おじか》が声の限りを振りしぼって鳴いています。

鹿と萩は取り合わせのよいものとされ、結びつけて歌に多く詠まれています。鹿の花妻、鹿鳴草《しかなぐさ》は萩の異称です。

この歌は鹿の花妻である萩の花が散って、すなわちいなくなって、妻を求めて牡鹿が鳴いているという歌でしょう。

【秋の野連作十二首の六】

秋萩の　散《ち》りか過《す》ぎなば　小牡鹿《さおしか》は
臥所《ふしど》荒《あ》れぬと　思《う》ふらむ《ん》かも

秋の萩の花が散り果てたならば、牡鹿《おじか》は寝床が荒れてしまったと思うだろう。

【秋の野連作十二首の七】

秋の野の　百草《もも》ながらに　手折《たお》らなむ《ん》
今日の一日《ひとひ》は　暮《く》れば暮るとも

秋の野に咲くたくさんの美しい花々をどれもみな手で折り取ろう、たとえ今日という日が暮れるなら暮れてしまっても。

【秋の野連作十二首の八】

百草《ももくさ》の　花の盛《さか》りは　あるらめど
したくだちゆく　我ぞ羨《とも》しき

たくさんの草花には、毎年花の盛りがあるようだけれども、毎年老いてゆく私の身はじつにうらめしい。

【秋の野連作十二首の九】

秋の野の　み草《くさ》刈り敷《し》き　ひさかたの
今宵《こよい》の月を　更《ふ》くるまで見む《ん》

ひさかたの…月の枕詞

秋の野原の草を刈って、地面に敷いて座り、今宵の美しい月を夜が更けるまで、眺めよう。

【秋の野連作十二首の十】

秋の野の　尾花《おばな》に交《まじ》る　女郎花《おみなえし》
今宵《こよい》の月に　うつしても見《み》む

秋の野原の薄に交じって咲く女郎花の花の黄色を、今宵の月に染めてみたいなあ。

【秋の野連作十二首の十一】

秋の野に　うらぶれをれ《お》ば　小牡鹿《さおしか》の
妻呼《つまよ》び立てて　来鳴《きな》き響《とよ》もす

秋の野に悲しみに沈んでいると、牡鹿が妻を求めて鳴き声をひびかせています。

【秋の野連作十二首の十二】

たまぼこの　道まどふ《う》まで　秋萩《あきはぎ》は
咲きにけるかも　見る人なしに

道に迷ってしまうほど秋萩の花が繁って咲いています。誰も見る人はいないのに。

たまぼこの…路の枕詞

秋の野

秋の野の　千種《ちぐさ》押しなみ　行くは誰《た》が子ぞ
白露《しらつゆ》に　赤裳《あかも》の裾《すそ》の　濡《ぬ》れまくも惜《お》し

秋の野原

秋の野原でたくさんの草花を押しなびかせて行くのはどこの子だろう。白く光る露に赤い着物の裾が濡れることが愛《いと》おしい。

この歌は、没落した橘屋の鎮魂のために作られた自選歌集『布留散東《ふるさと》』にある旋頭歌《せどうか》です。赤裳の裾を露に濡らしながら、秋の野の千草を押し分けて行く子とは誰でしょうか。

文化七年（一八一〇）良寛五十三歳の年に橘屋に敗訴の判決が下りました。その前後の大変だった時期に、由之の妻やすと由之の右腕の町年寄高島伊八郎に嫁いだ妹たかが、心労のためかあいついで亡くなりました。

秋の草花

秋の野とは冬の野（黄泉の国）の直前であり、滅びの予感があります。赤裳の裾を濡らしたのは白露ではなく実は涙であり、この子とは橘屋の滅亡に殉じた由之の妻やすと妹のたかのことが念頭にあったのかもしれません。

秋の野の　すすき刈萱《かるかや》　藤ばかま
君には見せつ　散《ち》らば散るとも

秋の野原のすすき、刈萱、藤ばかまをあなたに見せることができたので、散るならば散ってももう惜しくはありません。

この歌は阿部定珍の次の歌の返歌です。

秋の野の　すすき苅萱《かるかや》　蓼《たて》の花　我に見せむと　折りて来《こ》し君（定珍）

秋の野の　草葉《くさば》の露《つゆ》を　玉と見て
取らむ《ん》とすれば　かつ消えにけり

秋の野原の草の葉に降りた露を、玉と思って手に取ろうとすると、たちまち消えてしまいました。

秋の野の　草葉《くさば》おしなみ　来《こ》しわれを
人な咎《とが》めそ　香《か》には染《し》むとも

秋の野原の草の葉を押しなびかせながらやってきた私を、責めないでおくれ。秋の花の香りが着物に移り染みているからといって。

秋日和《びより》　染《そ》むる花野《はなの》に　まどゐ《い》して
蝶《ちよう》も共寐《ともね》の　夢を結ばむ《ん》

秋日和の日に、染めたように花の美しい野原で、円形に坐って和やかに時を過ごして、蝶といっしょに寝る夢を見たいなあ。

鳴琴堂《めいきんどう》にて詠める

鳴琴堂…新潟市西蒲区和納の医師山岸楽斎の堂号

虫は鳴《な》く　千草《ちぐさ》は咲きぬ　この庵《いお》を
今宵《こよい》は借《か》らむ《ん》　月出《い》づるまで

秋の虫は鳴き、多くの草花が咲いている。今夜はこの庵りをお借りしよう。月が出てくるまでの間。

（十一）菊

やんごとなき友伴《ともがき》のみまかりてのちその館《たち》にまかりければ　前栽《せんざい》に菊の花の盛《さか》りになむありける　去年《こぞ》を思ひ出《い》でて詠《よ》める

色も香《か》も　昔の秋に　咲くらめど
あひ見《い》し人は　訪《おとず》れもせず

大切な友人が亡くなってから、その人の家に行くと、庭の前の方に菊の花が盛りでした。去年を思い出して詠んだ歌

菊の花の色や香りは、去年の秋と同じように咲いていますが、いっしょに見て楽しんだ友人は訪ねて来ることがもうなくなりました。

この歌の亡くなった友人とは原田鵲斎のことです。文政十年（一八二七）良寛七十歳の年に死去しました。享年六十五歳。

いつ迄《まで》も　忘れまいぞや　長月《ながつき》の
菊の盛《さか》りに　訪《たず》ね逢《あい》しを

いつまでも忘れないつもりです。九月の菊の盛りに私が訪ねていって親しく語り合ったことを。

きく

（十二）紅葉

わが宿を　訪《たず》ねて来ませ　あしびきの
山のもみぢを　手折《たお》りがてらに

私の庵りを訪ねて来てください。国上《くがみ》山のもみぢ葉を手で折り取りに来たついでに。

あしびきの…山の枕詞

もみぢを別名色味草《いろみぐさ》ともいいます。紅葉した景色を紅葉《もみぢ》の錦、紅葉《もみぢ》の帳《とばり》、紅葉《もみぢ》の淵、紅葉《もみぢ》の笠、紅葉《もみぢ》の衣などと表現されています。万葉集や古今集などでも、紅葉《もみぢ》は雪・月・花などと並んで、歌に多く詠まれてきました。良寛のふるさと越後には紅葉の名所がたくさんあります。弥彦もみぢ谷（弥彦村）、中野邸（新潟市秋葉区）、もみぢ園（長岡市越路）、松雲山荘（柏崎市）、斉藤邸（新潟市中央区）など。もちろん国上山の紅葉も見事です。

秋山を　わが越《こ》え来れば　たまぼこの
道も照《て》るまで　もみぢしにけり

秋の山道をたどって山を越えて来たところ、道を赤く照らすほど、木々が紅葉していました。

たまぼこの…山の枕詞

もみぢ

あしびきの　山の撓《たお》りの　もみぢ葉を
手折《たお》りてぞ来《こ》し　雨の晴れ間に

山の尾根がくぼんで低くなった所の色づいた紅葉《もみぢ》の葉を手で折り取ってきました。雨の降りやんだ晴れ間に。

山風は　時し知らねば　もみぢ葉《ば》の
色づかぬ間《ま》を　何か頼《たの》まむ《ん》

山の嵐は時節をわきまえないで吹くので、紅葉の葉が色づかないでいる間、散らないことをあてにできるだろうか、いやできない。

この歌は次の原田鵲斎の歌の返歌です。

与板なる都良《とら》がみまかりけると聞きて
秋立つや　龍田の山の　紅葉《もみぢ》ばの　散るとし聞けば　風ぞ身にしむ
（鵲斎）

弥彦もみぢ谷

緑なる　一つ《ひと》若葉《わかば》と　春は見し
秋はいろいろに　もみぢけるかも

一面若葉の緑だけだと春は見えたのに、秋になると、赤や黄色などいろいろな色に紅葉しました。

秋山は　色づきぬらし　この頃《ごろ》の
朝けの風の　寒《さむ》くなりせば

秋の山はきっと紅葉が鮮やかになっただろう。この頃は夜明けの風が寒く感じられるようになったから。

朝霧《あさぎり》に　立ちこめられし　もみぢ葉の
かすかに見ゆる　山の寺かも

立ちこめている朝霧の間から、もみぢ葉がかすかに見えるのは、山の寺のもみぢ葉です。

秋風よ　いたくな吹きそ　あしびきの
み山もいまだ　もみぢせなくに

あしびきの…み山の枕詞

秋風よ、ひどく吹かないでおくれ。山はまだ色づいてないのだから。

音に聞《きく》　樋曽《ひそ》の山辺《やまべ》の　紅葉《もみぢ》見に
今年は行《ゆ》かむ　老《お》いの名残《なごり》に

うわさに名高い樋曽《ひそ》の山辺の紅葉を見物しに今年は出かけよう。老年の思い出に。

樋曽とは新潟市西蒲区樋曽のこと。当時は紅葉の名所でした。

もみぢ葉は　散りはするとも　谷川に
影《かげ》だに残《のこ》せ　秋の形見《かたみ》に

紅葉の葉は散ってしまっても、谷川に映るその美しい姿だけでもとどめておいておくれ。過ぎゆく秋の形見として。

夕暮《ぐ》れに　国上《くがみ》の山を　越《こ》え来れば
衣手《ころもで》寒し　木《こ》の葉散《ち》りつつ

夕暮れになって、国上山を越えて来ると、衣の袖のあたりが寒く感じるようになりました。山の木々の葉が散り続けています。

遣《や》り水の　このごろ音の　聞《き》こえぬは
山のもみぢの　散《ち》りつもるらし

庭に引き込んだ細い流れもこのところ音が聞こえなくなりました。山の紅葉が散って積もったからでしょうか。

足引の　山のもみぢ葉　散《ち》り過《す》ぎて
うら淋《さび》しくぞ　なりにけらしも

足引の……山の枕詞

山の紅葉葉《もみぢ》が散り果ててしまい、なんとなく淋しくなってしまいました。

久方《ひさかた》の　時雨《しぐれ》の雨の　間《ま》なく降《ふ》れば
峯《みね》のもみぢは　散《ち》りすぎにけり

時雨《しぐれ》の雨が降り続いているので、山の峰の紅葉《もみぢ》の葉はみな散り果ててしまいました。

久方の…雨の枕詞

国上寺の紅葉

国上寺の紅葉と良寛像

良寛の略伝

越後の名僧良寛は、一七五八年出雲崎の名主の長男として生まれました。名主見習役であった栄蔵（良寛の幼名）は十八歳の時に、生家橘屋を出奔《しゅっぽん》し、その後、坐禅修行を始めました。二十二歳の時に、越後に巡《じゅん》錫《しゃく》してきた国仙和尚により光照寺で得度し、国仙和尚とともに備中玉島の円通寺に赴きました。円通寺で厳しい修行を積んだ良寛は三十三歳の時に、師の国仙和尚から悟りの境地に達したことを証明する印可《いんか》の偈を授かりました。その後も諸国行脚《あんぎゃ》の修行を続け、三十五歳の春に越後に帰国しました。帰国後も諸国行脚を続けましたが、遅くとも四十歳までには五合庵に定住しました。

五合庵に定住してから、良寛は坐禅修行を続けながら、清貧の托鉢僧として生きました。五十九歳の年に乙子神社草庵に移住し、六十九歳の年に島崎の木村家庵室に移住しました。一八三一年七十四歳で遷化《せんげ》しました。

五合庵

乙子神社草庵

参考文献

『良寛伝記考説』高橋庄次　春秋社　一九九八
『定本良寛全集 第二巻歌集』内山知也、谷川敏朗、松本市壽編集　中央公論新社
二〇〇六
『校本 良寛歌集』横山英　考古堂　二〇〇七
『良寛歌集』東郷豊治　創元社　一九六三
『齋藤茂吉選集 第十五巻歌論』齋藤茂吉　岩波書店　一九八一
『良寛』吉野秀雄　アートデイズ　二〇〇一
『良寛心の歌』中野孝次　講談社　二〇〇二
『良寛の名歌百選 新装版』谷川敏朗　考古堂　二〇一六
『はなのひもとく 三訂版』新潟県立分水高等学校　一九八九
『万葉ことば事典』青木生子、橋本達雄監修　大和書房　二〇〇一
『自然のことのは』ネイチャー・プロ編集室　幻冬舎　二〇〇〇
『花おりおり』湯浅浩史　朝日新聞社　二〇〇二
『国上山の植物』西蒲・燕科学教育センター　二〇〇〇
『山野草』片桐啓子　西東社　一九九八
『樹木』片桐啓子　西東社　一九九八
『良寛様のスミレ歌は雪割草である』長嶋義介　私家版　二〇一四

あとがき

良寛は宗教者として、独自の道を歩みながら、生涯修行を続け、無欲の心、慈悲の心を持ち続けました。その清らかな心で人々に寄り添って生き、自然を愛しました。そして、折々の感慨や心情を、和歌や漢詩に詠い、美しい書で表現しました。

良寛の和歌は「万葉の遺響を墜《お》とさず、さらに万葉をも越えた」良寛調と評されるほど、明治の歌人、伊藤左千夫、齋藤茂吉などから絶賛され、今でも高く評価されています。

国文学者の久松潜一博士（東大、國學院大學教授）が昭和三十六年に行った「和歌史における三歌人」と題した講演の中で、日本の和歌史上の最もすぐれた歌人として三人の歌人を挙《あ》げられました。柿本人麻呂、藤原定家、良寛の三人です。

良寛は日本の三大歌人の一人であり、人間的なすばらしい和歌を数多く詠んでいます。その中でも、移り変わる季節の自然を愛した良寛は、清楚で可憐な野の花を題材とした歌をたくさん詠んでいます。本書では良寛が詠んだ素敵な野の花の歌の数々を紹介しました。

良寛が愛《め》でて歌に詠んだ花々を訪ね、良寛のふるさと越後の豊かな自然の中を散策すれば、日頃のあわただしい生活から離れ、心癒やされる豊かな時間を過ごすことができるのではないでしょうか。

良寛が歌に詠んだ野の花のすばらしい水彩画は、外山康雄氏の作です。外山氏は鋭い感性で、野の花々の楚々とした本質を捉え、一点一点繊細かつ優美に描かれています。良寛の名歌と外山氏の魅力的な水彩画が一体となり、本書が薫り高く趣の深いものになったことは望外の喜びです。

終わりに、本書の出版・発行にご尽力いただいた考古堂書店会長・柳本雄司氏をはじめ関係者の皆様に心からの感謝の意を表します。

本間　明

良寛百花園

良寛百花園とは

良寛ゆかりの国上山に近い長岡市寺泊野積
にあるオープンガーデンです。
300坪のお花畑です。
４～９月開園。入場無料。駐車場有り。

―主な見頃は―

4月　桜、水仙、チューリップ
5月　ジャーマンアイリス、アヤメ
6月　山アジサイ、百花繚乱
7月～ユリ、ダリアなど

桜と水仙

チューリップ

1000本のジャーマンアイリス

百花繚乱

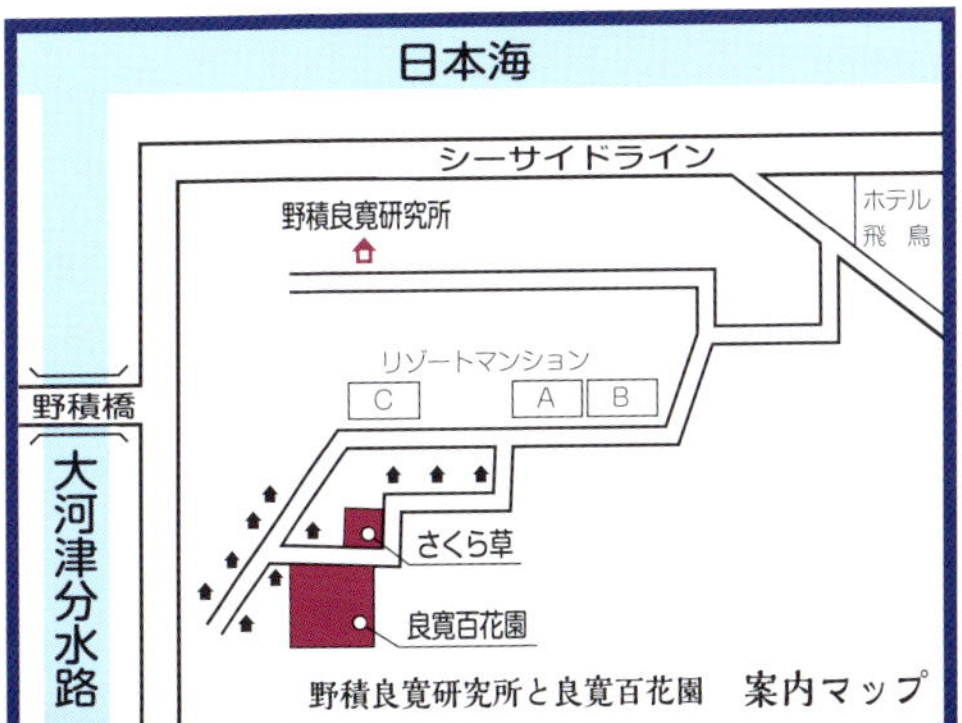

お問い合わせは　野積良寛研究所
本間 明　まで　090-2488-8281

四季折々の野の花山の花を描いています

描いた絵はモデルになった花と一緒に展示しています。

目木

榛ノ木

福寿草

大三角草

野の花の水彩画ギャラリー

外山康雄 野の花館

〒949-6424　新潟県南魚沼市万条新田 371-1 tel.025-783-7787 fax.025-783-7788
水曜日休館/営業時間 9:00～17:00/入館料¥300　関越道　塩沢石打 I.C.より左折 2 分左側

【選・解説】
本間　　明（ほんま　あきら）
昭和31年（1956年）新潟県白根市（現新潟市南区）に生まれる
昭和55年（1980年）早稲田大学政治経済学部卒業後、新潟県職員に採用される
平成26年（2014年）新潟県を退職
現在：全国良寛会 理事、野積良寛研究所 所長、良寛百花園 園主
著書：『良寛はアスペルガー症候群の天才だった』（考古堂書店 平成24年）
　　『良寛は世界一美しい心を持つ菩薩だった』（考古堂書店 平成26年）
　　『良寛は権力に抵抗した民衆救済者だった』（考古堂書店 平成27年）
住所：〒940-2501　長岡市寺泊野積203番地８

【水彩画】
外山　康雄（とやま　やすお）
昭和15年（1940年）東京都江東区深川に生まれる
昭和20年（1945年）新潟県南魚沼市に移住
平成14年（2002年）古民家を再生した、ギャラリー「外山康雄 野の花館」開設
個展：新潟伊勢丹、新宿伊勢丹、新潟県立植物園、表参道新潟館ネスパス など
画集：『折々の花たち』1.2.3.4（恒文社）『野の花の水彩画』『私の好きな野の花』
　　『野の花 山の花』『野の花 万葉の花』（日貿出版社）
　　『野の花だより365日』上下（技術評論社）
住所：〒949-6424　南魚沼市万条新田371-1

良寛　野の花の歌

2022年６月10日発行

選・解説　本間　　明
水彩画　外山　康雄
発行者　柳本　和貴
発行所　㈱考古堂書店
〒951-8063　新潟市中央区古町通4-563
TEL　025-229-4058　FAX　025-224-8654

印刷所　㈱ウィザップ

ISBN978-4-87499-869-4